KB234312

빙폭

빙폭

빗방울화석 시집 세 번째

2003

빙폭

(빗방울화석 시집 세 번째)

초판 1쇄 발행   2003년 3월 2일

지은이 | 빗방울화석(조재형 외)
펴낸이 | 이정옥
　　　　서울시 서대문구 남가좌2동 370-40
　　　　전화 · 02-375-8571(代)
　　　　팩스 · 02-375-8573

인터넷 홈페이지 · http://www.pyungminsa.co.kr
이메일 주소 · pms1976@korea.com

등　록 | 제10-328호

ISBN　　89-7115-385-7　　03810

값　5,000원

시 앞에

폭설이 내린 산 속을
눈 위에서 눈 위로 헤엄쳐 나갔다

눈으로 생각으로 숨쉬면서
내외설악 빙폭을 찾아 다녔다

그때 우리 앞에 스쳐간 것들
눈산, 눈나무, 눈벼랑

빙폭은 그 사이 사이에 걸쳐 있다가
우르르 쏟아져 내렸다

오, 얼음 폭포 소리에
눈벼랑을 타고 올라오는 진달래 꽃봉오리!

2003년 2월
빗방울 화석 시인들

목차

빗방울화석 시집 세 번째 빙 폭

목차

빗방울 두잎

단청 외 8편

윤석영

능가산에 걸린 노을이
빛 바랜 꽃문살을 채색하는
내소사 대웅보전 앞

그윽해진 연꽃에
마음 송두리째 빼앗기면
몸도 홀가분해지리라
대웅보전을 한 바퀴 돌아나와
빛 바랜 몸 속으로 스미는 노을

앞마당 연못에 뜬 수련이
싱싱하게 색을 갈아입는다
얼굴에 수련을 뒤집어쓰고
발길 흐르는 대로
사람들 사이로 흘러들면
얼굴얼굴에 어른거리는 연꽃

단청을 끝낸 노을이
탈진한 채
능가산 너머로 떨어진다

백련지

밤새 달려간 천릿길 끝에
연못 가득 떠오르는 연잎
꿈틀거리는 바다였다
가슴 가득 차오르는 바다
물결 일렁이는 바다 위로
떠오르는 땅
둥둥 떠오르는 나

백련지를 돌아드는 동안
물양귀비 같은 아이
내 곁에서 쉴새없이 재잘댄다
연잎을 흔드는 바람 넘어올수록
잠든 아이의 깊어지는 볼우물

백련지를 돌아나와
고속도로로 접어들 때
백련과 가시연꽃 사이
노랑어리연 어디쯤
잠에서 막 깨어난 아기연꽃이
함초롬히 젖어 재잘댄다

아빠, 차가 왜 이렇게 흔들려?
(아직 바다에 떠 있어서 그래!)

빈몸

아픈 마음이
아픈 몸을 끌고 산을 오른다

덩치보다 큰 먹이를 끌고
언덕을 오르는 개미
옆에
뒹구는 매미껍질
빈집을 가득 채우는
울음소리
매미 울음소리
철렁 넘치는 빈집

빈몸으로 산 속에서 나오자
껍질만 떨어져 나온다
두고 온 산 속에서
참회나무 열매가 붉게 터진다

의성포

아르방다리 아래로
아른거리는 시간이 감겨듭니다

내성천이 낙동강으로 흘러드는 동안
물굽이 섬을 몇 바퀴 돌아 나왔습니다
내가 섬인 줄도 모르고 흘러왔습니다
흘러온 세월만큼 그대 멀찌감치 세워 두고
나는 이만치 아르방다리에 걸려 있습니다

뭍에 닿으려구요, 뭍으로 가는 길을 물으니
내가 방금 돌아나온 물굽이네요
나는 또다시 낙동강 강줄기에 걸려 있네요
뭍으로 오르려고 몸부림치는 섬 아닌 작은 섬
이곳 의성포에 잠시 타성바지로 머물러 봅니다
무심코 흘러든 여기서 다시 길을 묻습니다

의성포 모랫벌을 유유히 흘러가는 왜가리
흘러온 섬 하나 입에 물고 뭍으로 날아듭니다

사천우체국 가는 길

여름내 바닷가를 거닐며 건져 올린
희고 단단한 돌멩이
유리병에 담아 정성스레 포장을 하고
십릿길 사천우체국으로 달려갔다

낯익은 주소와 이름을 써내려 갔다
우체국 직원이 내용물이 뭐냐고 물었다
대답을 못하고 머뭇거리는 동안
가슴 켠켠이 묻어 둔
포장되지 않은 돌들이 쏟아져 나왔다

달라붙는 파도를 떼어내려
몸부림치던 그해 여름, 살아 보려고
몸 붙여 흘러 들어간 땅 사천 진리
쌓인 그리움은 돌이 되어 갔다
짠 바닷바람이 피를 바꾸어 가는 동안
돌은 더 희어지고 더 단단해졌다

깨지는 물건이냐고 되묻는 직원에게
깨지기 직전인 가슴을 들이밀며
무슨 말을 하려는 순간

손에 들고 있던 소포에서
와르르 쏟아지던 흰 조약돌 돌 돌

빈 생을 통째로 끌고 가던 그해 여름
내게서 빠져나간 심장소리
생의 갈림길을 만날 때마다
쿵쿵, 선명한 발자국을 찍으며
사천우체국으로 가는 길을 열어 놓는다

아내의 수평선

떠날 사람 모두 떠난 빈 마당에
철 지난 소식을 전해오는 바람줄기
오래 닫혀 있는 아내의 창문을 두드린다

아내가 아침부터 부산하다, 한나절 내내 수화기를 붙
들고 누군가와 통화를 시도하고 있다, 더 이상 오지 않
는 회신의 메시지를 마냥 기다리고만 있을 수 없었으리
라, 아내는 사방으로 번호를 눌러댄다

급기야 창문을 넘어온 햇살 무더기
아내를 더욱 부추겼으리라
더 늦기 전에 연락을 취해야 한다고

누르는 손가락에 힘이 들어갈수록 아내의 눈시울이
붉어진다, 수평선을 넘으려고 눈부신 물빛 만들어내는
파도처럼 작은 키 그림자 동쪽으로 길어질 때까지 출렁
인다, 출렁이면서 수평선으로 넘어 들어오는 무선의 메
시지를 놓치지 않는다

(삶은 조금씩 주저앉는 것이리라, 꿈꾸지 않으면)

혼자서도 빛을 내는 나무들
나무들 사이를 출렁, 출렁이면서
물빛의 아내가 수평선을 넘는다

동시(冬詩)

아직 흐르지 않고 떠다니는
얼음 덩어리들, 껍질 벗겨낼수록
깊이 흐르는 강물
북한강을 굽어보는 미루나무가
강물줄기를 힘껏 끌어당기며
몸을 흔든다, 흔들릴 때마다
빈 가지 끝에서 반짝이는 눈꽃들

겨울 강둑, 한겨울을 건너온 사내가
이른 봄꽃처럼 상기되어
언 몸을 비빈다
간밤에 물줄기는 어디로 흘러간 것일까?
흐르지 않는 것들은 무엇으로 고여 있는가?
둑으로, 능선으로, 나무꼭대기로
거세게 굽이쳐 오르는 물줄기는
반짝이는 미루나무 잎들을
하늘 높이 매달아 놓을 그 날을
꿈꾼다, 온몸 야위도록

한 시대를 살아남아
강둑에 걸려 있는 사내

얼음 깨지는 소리를 토해내며
한기를 뿜어낼 때마다
이마 위에, 은빛으로 맺히는
무성한 잎, 잎들

무성해진 사내가 겨울을 빠져나간다

기억 속의 봄꽃

1

초여름 바람이 불어와
나뭇가지들을 한 방향으로 흐르게 하고
목줄기까지 차오른 나무의 숨결은
또 다른 바람으로 자신을 내려 놓고
다가오는 바람과 지나치는 바람 사이에서
비로소 그대를 숨쉬고 있는 나무는
그 따뜻한 숨결에 귀기울이고 싶은 거다

흰칠해진 나무는 한 사람의 얼굴이 되어
바람을 흔들고 있다

2

바람을 몰아 달려드는 빗줄기
꺾어든 길목이 아스라해지도록
지나온 길을 돌아보지 않는다
구릉구릉을 넘어 골목골목으로 접어드는 길
다가갈수록 멀어지는 아스라한 길이
차라리 눈부시다, 환한 햇빛 속에서

여우비가 지나간 자리

한 떨기 햇빛의 모서리가 뒤집히며
그대 창에 무지개 하나 걸어 놓고 있다

　3

창 열면 얼굴에 달라붙는 영하의 눈꽃
기억 속의 봄꽃을 몰고 다녔다, 아득했다
날아오르려는 듯이
두 팔 벌려 춤을 추는 그대에게로
그대 선 지평선으로 달려가는 눈발
푸른 하늘가에 뭉클뭉클 흐르다가
흔적도 없이 잦아드는 몇 송이의 구름

소리도 없이 다가가는 희디흰 물방울
그대 곁으로 흐르고 있다

우리들

백두에서 붉은 단풍 내려보내면
지리에서 푸릇한 잎새들 올려보내리

갈라진 땅 한반도 한복판에서 만나
우리들 체온을 삼십팔도로 올려 놓고
서로 뜨겁게 부둥켜안고 어우러지면
붉고 푸른 꽃 · 잎 열꽃으로 터지리라

밤새 뒤척이던 우리들 꿈붙이들이
삼천리 강산 강산에 푸르게 펄럭이리라

능선으로 가는 길 외 8편

조재형

대대리에서 남한강으로 흘러드는 국망천 물소리, 새 밭은 아직 사람들의 잠 속에 있고 첫새벽을 여는 산새 울음소리 마을을 감싸고 돕니다. 돌다리 건너 어의곡으로 접어들자 간혹가다 내리는 소나기에 물이 불어 길은 흩어지고 물길을 거슬러 오르는 사이 계곡을 덮은 연두빛 이끼에 젖어들어 쥐다래 잎새가 은빛으로 피어납니다.

산허리 돌아
길들은 조릿대 길로 모여들고
능선으로 밀어 올리는 비바람 속
불현듯 마주치는 그대

온몸이 젖은 채 피어오르는 온기로
마주선 그대
그대가 나를 확인하는 동안
소용돌이치는 바람이 불어
내 손에 들고 있던 낡은 지도를
지워 버렸습니다

갈 길 없이 길을 부여잡는

내 앞의 그대는 침묵을 피워 놓고
능선을 따라 신선봉으로 갑니다

그대 가는 능선이
굽이치고 있습니다

아그배 떨어지는 소리

포장도로를 벗어나 물소리 거슬러 오르는 길
물소리조차 정적으로 스미고
달빛 받은 함석지붕 한 채
걸어 잠글 대문도 없이
산비탈에 기대어 있다

인기척만 나도 열어젖힐 것 같은
방문 앞에서
그대를 부르려다
돌아선다

아그배 떨어지는 소리
밤새
그대 방문을 두드린다

갯벌

밀물은 들어오지 않는다

갯벌을 뚝 끊어 놓은 방조제 둑길을 따라 덤프 트럭이
먼지를 날리며 달리고 뿌옇게 먼지를 뒤집어쓴 해홍나
물 사이로 찍힌 게 발자국을 따라가다 소년을 만난다 썰
물에 등을 대고 누워 바다로 헤엄쳐가던 소년, 하늘엔
뭉게구름 둥둥 떠가다 수평선에 걸리고 은빛 갯벌 위로
소년을 살짝 밀어 놓고 수평선까지 물러났던 바다

밀물은 들어오지 않는다

갯벌 십릿길에 폐사한 조개는 하얗게 부스러지고 조
개를 캐던 아낙들의 호미소리도 소금기 하얗게 드러내
며 갈라진 갯바닥 틈새로 사라지고 갯골 소년의 가슴에
도 금이 간다 섬에서 뭍사람이 되어버린 도비도 사람들
은 모든 배가 닻을 내리지 않는 무인도로 밀려나고 썰물
을 따라잡지 못한 몇몇 망둥어 갯골 둠벙에 갇혀 따가운
햇살에 위태위태하게 등살을 드러내고 있다

밀물은 들어오지 않는다

갯벌을 떠나면 무서운 뱀게가 된다던 황바리 어디쯤
숨어 있는 것일까? 황바리와 촉각을 곤두세우고 갯골에
숨어 있던 소년의 가슴에 솟구쳐 오르는 파도는 뒤집히

고 뒤집히며 방조제에 부딪치고 있다

고원의 아이들

쉐가르*, 차를 타고 단숨에 올라서인지 고소증세가 왔다. 숙소에 여장을 풀고 냇가로 가던 중에 마을 아이들이 사진을 같이 찍자고 했다. 사진을 찍고 난 뒤 아이들은 하나같이 호주머니에서 화석을 꺼내 주었다. 삼엽충, 암모나이트화석을 받고 기쁨에 넘쳐 있는 동안 화석을 건네준 아이들은 나를 에워싸고 있었다. 그중 제일 큰 아이 하나가 손가락 하나를 펴 보이는 순간 아차 하는 생각에 얼굴이 불끈 달아올랐다. 생각을 추스를 사이도 없이 1달러씩 주고 일행과 냇가로 갔다. 은빛 물살을 바라보면서 화석을 건네준 아이들의 손끝에서 전해오던 교감을 속았다는 감정으로 바꾸고 싶지 않았다. 아이들이 나를 속인 것이 아니라 그들의 일상이었을 뿐 속인 것도 속은 것도 나 자신이라는 생각이 들었다. 저녁으로 빵과 음료수를 먹고 있을 때 양떼를 몰고 온 아이가 미소로 인사를 하며 지나치고 있었다. 일행이 빵 하나를 건네주며 같이 먹자고 권하자 어느새 사진을 찍었던 아이들까지 우르르 몰려와 비상식량으로 가지고 있던 빵까지 다 풀어 놓았다. 아이들은 일행이 부르는 아리랑 노랫소리에 맞추어 춤을 추고, 물수제비를 뜨며 해맑은 웃음꽃을 피우고 있었다. 나도 고원의 아이들에 섞이어 둥글고 납작한 돌을 골라 냇물 위로 던졌다. 물수제비

뜨는 곳마다 물방울로 튀어 오르는 햇살, 햇살을 바라보
는 사이 고소증세도 피곤도 사라지고 아이들을 따라 흘
러가고 있었다.

　하늘은 낮아 잡힐듯
　양떼구름이 흐르고
　더 이상 낮아질 수 없을 정도로 땅에 붙어 피는
　고원의 이름 모를 꽃
　냇가를 따라 흐르고 흐르다
　굽이치는 지평선으로 번지고,

　＊ 에베레스트로 가는 길목 4050m 상에 있는 티벳 마을 이름.

꿈꿀 수조차 없이
─ 고온리 1

A10, F16 미전투기들 차례로 하늘을 할퀴고 간 뒤
엎드릴 줄 모르는
아이가 자지러지게 운다
모든 미전투기들의 폭음이 지축을 흔들어도
지상의 한 아이 울음소리에 비길 수 있겠는가

우리는 배웠다
비행기 소리만 나도
그 자리에서 엎드리라고
교실 책상 밑으로 엎드리고
집으로 돌아오는 길에서도 둑 밑으로 엎드리고

엎드리다 굴러 떨어져도
반공을 되뇌던 우리들
꿈 속까지 따라와
국군으로 인민군으로
쫓고 쫓기는 사이
미전투기들 발칸포 쏘아댄다

폭음으로 뒤틀리는 밤
또 한 아이가 자지러지게 울고

온 동네가 경기를 앓는 고온리
너도나도 농섬*이 되어
파헤쳐지고 있다

꿈꿀 수조차 없이

*고온리 앞바다에 있는 섬. 미군의 폭격으로 풀 한 포기 자랄 수 없이 파헤쳐지고
있다.

불발탄

— 고온리 2

오늘은 시한 폭탄 시험하는 날입니다.

불발탄을 찾아 터뜨리고 농섬을 빠져 나오는 미군과
스칠 때 서로 길을 피해 주려다 휘청, 갯펄에 쑥 빠집니
다. 미소가 오가려는 사이 바람은 육풍에서 해풍으로 바
뀌고 갯내보다 먼저 화약내가 진동합니다. 펄에 빠진 발
을 간신히 빼내고 차가운 침묵으로 등을 돌려 미군은 관
제탑으로 나는 농섬으로 들어갑니다. 농섬에 이르자 벌
집이 된 자동차 표적물, 농섬의 심장부에 꽂혀 있는 핵
미사일, 나도 순간 벌집이 되어 농섬을 빠져 나옵니다.

터뜨리지 못한
불발탄 몇 발
가슴에 품고,

빙폭 1

― 토왕폭 앞에서

1

눈사태다

실성한 사람이
토왕골을 빠져나온 뒤,
그대들 바로 앞에서
눈사태를 맞고 구조대가
뒤돌아 나온 뒤,
아직도 숨쉬고 있으리란 추측은
아무도 하지 않았다

그래도
숨쉴 시간은 있으리라
밤을 세워도 토왕골은
열리지 않았다
삼일 밤낮 눈만 내리고
아무 것도 할 수가 없었다
아무 것도,

2

폭설인데
토왕골은 고요하다
바람 한 점 없고
나뭇가지 부러지는 소리,
작은 숨소리에도
무너져 내릴 것만 같은 눈벼랑,
내려가야 하는데
눈을 다지며 오르고 있다

밤새 짓누르던 토왕성 빙폭 앞에서 주춤거릴 때
느닷없이 때리는 눈보라,
스치는 얼굴,

(조심하세요, 조심하세요)

발자국도 없이
누군가 앞서 가고 있다

빙폭 3
── 대승폭

모든 것이 불확실하다
정오를 지나는 태양은 빙폭을 사정없이 녹이고
내리꽂는 고드름 덩어리들을 피해
고드름 사이 얼음굴로 파고들면 쏟아 붓는 낙수
온몸이 젖어오면서
체온은 급격히 떨어지고 있다

햇빛은 공포와 안도를 동시에 거느리고
대승폭을 내리쮄다
바일을 지탱할 수 없는 고드름을 쳐내면
닿지 않는 빙폭의 처마뿐이다
빙폭 중턱에서
불확실한 스크류에 의지한 채
내려가야 하는지, 바일을 휘둘러야 하는지,
오르면서 내려가고 있다

크럭스*를 벗어나야 한다
고드름보다 먼저
두려움을 쳐내고 나를 쳐내고,

부실한 얼음에 바일을 찍고

허공을 끌어올릴 때마다
천 근의 검은 그림자 딸려오고
나를 끌어올리는 그대
나도 모르는 사이
대슭폭을 올라 가리봉 능선을 바라보고 있다

능선 따라 떨며 솟구치는 그대
첫 햇빛에 눈이 부시다

* 암빙벽 등반의 루트나 피치 중 가장 어려운 부분.

빙폭 4
― 죽음의 계곡

눈사태가 지나간 죽음의 계곡
건폭, 백미폭 청빙으로 얼어
한기를 내뿜고 있습니다

빙폭을 오릅니다
빙폭의 숨구멍을 찍을 때마다
얼굴이 얼어붙고
언 얼굴을 스치는 낙빙,
낙빙!
내려다 보면
그대는 낙빙을 피할 사이도 없이
나를 잡아 주고 있군요
더 오를까요

그대는 한기에 떨면서도
청빙 속 맑은 물소리 울려 보냅니다

죽음의 계곡 지나
대청으로 백두로

빗방울 물결무늬

북방식 고인돌 외 4편
— 고창에서

김은영

아버지, 바람이 고이고 있어요

저 북쪽 아버지가 뜨겁게 울음을 터뜨렸던 벌거벗은 북쪽말이에요

맨몸으로 부끄럼 없이 들판에서 탯줄 감고 끊었던 그곳에서 오는 바람이에요

수천 년, 거칠게 거쳤던 바람결을 내려놓고 천천히 땅 위에 눕고 있어요

이 숨소리인가요.

으악새 풀씨 날리며, 하얗게 하얗게 몰아쉬는 소리말이에요

벼랑 깎아 튼튼히 받침돌 세우고 훌쩍 덮개돌 덮이는 시간 속으로,

바람이 잦아들고 있어요

북쪽에서 세차게 달려 여긴 남방 한계선,

더 갈 수 없는 따뜻한 햇빛 속에 재우고 있어요

파도를 재우고, 울음을 재우고, 몰아치는 피를 재우고, 재운 피를 일으킨 노래를 재우고, 재우고 재우고

그 위에 아버지를 북쪽을 세워

다시 사방 고동치는 숨소리로 새어 흐르고 있어요

이름

직장에서 내 이름은 김은영1입니다, 중2 때 김은영 셋
중 키가 제일 작던 나는 김은영C였습니다, 영, 이라 불
리워지기도 하였나요, 황금빛 은행나무 밑에서 햇빛에
물들어서, 부드럽게 내리던 연인의 목소리로 불리워지
기도 했나요, 식구들은 정겹게 연수 어멈이라고도 부르
지요, 그 이름마다 뭉클뭉클한 것이 아가의 발자국 따라
가다, 엄마! 부르는 소리에 눈이 번쩍 뜨이죠

불리고 싶던 이름은 시인이었는데요

빗방울 내리 떨어질 때 문득 돌아보다 돌이 된 기억,
절대 뒤돌지 말아라, 하늘서 들리던 음성을 깨뜨리던 때
벼락이 치고 영원을 흠모해도 가 닿을 수 없이 몰아치던
호기심, 빗방울화석의 흔적을 볼 때마다 온몸이 화르르
살라지던 기억, 물기 타 버리고, 흔적만 남아

오늘, 당신이 날 두드리시나요

잊어 버렸던 이름으로 날 부르시나요, 뼛속까지 빛을
쪼이면서 낱낱이 울던 기억을 말리면서, 불리고 싶던 이
름까지 회오리쳐 사라지고 있어요, 들리지 않아요, 이름
들, ……, 불러주시나요

찬찬히 살피면서 지나온 이름들을 굽어보면서 버리고
싶은 이름까지도 사랑한다고, 김은영1, 김은영C, 영을,
어멈을 안아 주시면서, 빗방울 방울방울 적셔 주시는가

요, 하늘서 들리던 음성, 정지한 벼락도 다시 울리는군
요, 온몸과 영혼이 환호하는군요, 새 이름, 태어나지 않
았던 내 속에도 영원히 계셨던 하나님, 당신의 이름으로

아버지 운전을 가르쳐 주시다

쌩 하고 트럭이 우리 차를 가로지를 때, 아버지는 온 힘을 다해, 제가 힘없이 잡은 핸들을 꺾었습니다

순식간에 흐르는 아버지의 진땀이 제 몸으로 흐릅니다, 차와 한 몸이 되어 꺾어 돌라고 조곤히 말씀하시는 군요, 막다른 길, 서는 곳마다 절벽이 될 때, 홍원의 비린내로 가파른 미아리 언덕을 밟는 것 같이

밟겠어요, 담대히, 아버지의 속도대로

버스를 모시고 택시를 모시고, 끝내 일흔 생을 몰아오신 아버지, 남으로 남으로 내려온 길 홍원으로 돌려 보려고 구르시던 미아리, 비탈진 언덕길로요, 때로 이북피 뜨겁게 솟구치다 부딪친 막다른 골목길로도요, 아버지 이마에 흐르던 피땀의 길로요

맨발에 날쌘 동풍(冬風)을 신고 동무들과 내달리던 그 고향바닷가로요, 갈매기 보여요

팔과 다리가 부드러워져요, 양어깨를 따라 수평선이 모여듭니다, 포근히 저를 감싸는군요, 밀어 주는군요

아, 아버지,

통리* 앞에서

　리듬만 들렸습니다 골목마다 흔들리던 도시를 피해
발은 덩더쿵 내달렸습니다 눈 뜨면 햇빛 배겨 내리는 초
록잎 울렁거렸습니다 어질어질 다가오는 초록들, 자꾸
나의 나를 찔렀습니다 검은 태백산길 일어서고

　길을 잃었습니다
　이제 들려요, 햇빛 새 소리, 자갈 물 소리, 어어이 사
람 소리, 맺히고 휘돌다 쏟아지는

　제 괴롬만 덩이져 부딪쳐 울리던 딱딱한 몸,
　역암으로 박히고 싶어요, 붉고 보드라운 이암 사이사
이 묻히고 싶어요
　살아온 눈물 햇빛에 태우고 비명도 지우고 싶어요
　비바람 맞고 숨 자분히 죽이면
　그 때는 고요히 무너질 수 있겠지요
　가파른 골짜기 끝 통리를 피워 올린 한 채, 집으로 갈
수 있겠지요

*강원도 태백에 있는 통리협곡 앞의 마을, 서너 채의 집이 있다. 통리협곡은 고생
대 오랜 시간의 결과로 생긴 퇴적층이다. 깎아지른 절벽은 아름다운 이암과 역암으로
이루어져 있으며 마을을 향한 절벽은 콘크리트 덩이같은 역암들로 가득 차 있다.

소승폭을 오르며

한 발이 눈 위를 스치고 지나가자 디딜 곳 없는 발이
미끄러지고
푹푹 받아주던 눈 쌓인 얼음길, 수직으로 섰습니다
"몸을 올려요, 온몸을, 폭포가 되어"
가던 길 멈추고 여린 당신이 손을 내민 순간
얼음길이 차근차근 계단이 되는군요
까마귀였나요, 희디흰 빛에 쌓여 미끄러지던 것은?
자, 시작해 볼게요
둔탁하게 디디는 내 발걸음, 지탱하는 당신의 가벼운
행로처럼
가뿐히 나를 밀어 버리고 우리를 위해 걸을 수 있을까
요?
얼음길에 매달린 네 개의 발이 네 개의 손 되어 내밀
수 있을까요?
빙폭 한 줄기 툭 따서 푸르게 내려 드릴 수 있을까요?

저 아래 까마귀는 흰 숲에서 검은 숲으로 날아가고
아득히 빙폭을 올려다 보다 흐르기 시작합니다, 우리

빙폭(氷瀑) 외 4편
― 소승폭포

김일영

빙폭이 녹고 있다
한 군데로 모여든 물방울이 얼음 위를
미끄러지며 절벽 아래로 떨어진다
곤두박질 친 물방울은 다시
바닥에서 잘게 튀어 오르더니 흩어진다
큰 빙벽덩이 하나
힘없이 암벽에서 분리되며
부서진 잔빙(殘氷)들이 사방으로 튀자
설악(雪岳)의 능선들이 꿈틀거린다
능선을 거쳐온 바람 따라 빙점이 빙폭을 올라가면
암벽과 빙벽 사이 나를 닮은 물줄기 하나
골을 타고 흘러내린다
햇발이 얹힐 때마다 하나씩
물길을 내준 빙벽이
무너져 내리지 않으려 버틸수록
켜켜이 쌓인 침묵이 금이 간다

어디든 흐르지 못하고
암벽 앞에서 부동의 자세로 정지되었던
시간들이 다시 흐르기 시작한다
빙폭은 시려운 겨울의 신열(身熱)을 앓고

벼랑끝 물줄기
길 끝에서
또 다른 길을 간다

백련

더 이상 펼칠 수 없는 꽃잎
떨리고 있다

꽃을 끌어올리려
힘쓴 잎들이 기우뚱 흔들리는
틈새마다 환하다
그 틈새에 들어가고 싶다
그대에게 가는 길이
환한 틈새로 보이는 것은
사랑의 영혼 찾아 떠도는
바람의 독백처럼
그대도 나도
잊은 인연이
오늘
백련으로
폭발했기 때문일 거다

산사(山寺)

산사에 이르는 길이
종자산에 걸려 있는 달에게 불려 나오고
그대는 풀벌레소리에 불려 나왔습니다
두어 발치 앞서 있는
그대 좇아 한 발치 다가가면
그대는 또 한 발치 앞서가고
내가 성큼 두어 발치 디뎌 봐야 결국은
한 발치였을 뿐
그대는 항상 두어 발치 앞에 있었습니다

한 발치 앞에서의 그대 기억 같은 산사엔
풍경소리 달빛에 그을린 능선을 따라 흐르고
누군가 지펴 놓은 촛불은
서럽도록 불꽃을 지키는데
홍천강을 흐르다가 협곡을 떠돌던
지친 영혼이 싹 틔운 벌개미취
내 서툰 발길 앞서
길을 트고 있었습니다

늙은 여승이 삼성각 문을 열자
내당에 있던 삼신(三神)의 기운이 내 몸에

잠깐 스몄다가 지나간 자리
다다를 수 없는 그대와의 거리를
본 것도 같았습니다
깊은 고요 속으로 가라앉는 산사를
빠져 나온 길에는
그대 두어 발치 앞에 있고
나는 한 발치씩 디뎌야 했습니다

북암령에서

한계령풀을 보기 위해 북암령에 갔다
백두대간을 타고 불어오는 바람
곰배령을 흔들고 단목령 지나
북암령까지 왔다
가늘게 떠는 노란꽃
누구는 언제 진급했고 이번 서열은 누구까지라는 둥
오가는 말을 들으며 나는
관심이 없는 척 한계령풀에 관한 메모만 했다
메모한 종이를 펼쳐 본 것도 잠시
주머니에 구겨 넣고
북암령 고갯길을 올라본다
어떻게 되었을까
무거운 발걸음 잠시 내려놓으며 가쁜 숨 내뱉자
박새풀 큰 잎사귀 가로저으며 멀게 웃음소리 낸다
바다내음이 능선마다에 걸리며
북암령을 넘어갈 때
밟힌 돌멩이 빠지며 중심을 잃고
길을 칡넝쿨처럼 감아쥔다
뒤따라 오던 길이 기우뚱 뒤집힌다
뒤집힌 길을 물고
오목눈이새가 빠르게 골짝으로 사라진다

입신(立身)의 미련을 버리지 못하는
내 속내를 보았을까

한계령풀이 나를 쳐다보다가
서둘러 지상의 생(生)을 지운다

하수도 안에 시가 있다

키만한 하수구에 들어가 맡는 내음이란
근사한 호텔커피숍에서 맡는 아일리쉬커피향보다 은
근하다
발로 건드리자 쓰러진 막대기를 집어 본다
끝이 묵직한 것이 망치다
이 망치는 내게 시를 주기 위해
여기에 놓여졌을 거라 생각한다
오물로 떡칠된 망치처럼
허울을 둘러쓴 진실
좋은 글 쓰기가 쉽지는 않을 터
쏟아져 나오는 책, 책들
나도 시집 하나 낼까

사방에서 오수가 쏟아진다
하수구에 오물이 있지 무엇이 있겠나, 아니
시를 쓸 수 있는 뭔가가 있을 거야
망치를 씻어보기로 한다
오수에 휘적휘적 흔들어 햇빛 아래서 보니
자루는 부러지고 갈고리 한 쪽도 부러졌다
아무리 봐도 막대기에 덜렁 쇠뭉치 달린
쓸모없는 망치일 뿐이다 있기는커녕

네가 여기에 있으면 하수구만 막히지
하수도 밖으로 던져 버린다

철벅철벅 한참을 가자
치치치치 소리가 들린다
소리의 진원지를 찾아가 보니
하수도를 지나가는 상수도관에서 물이 샌다
관의 파열된 틈에서 이탈한 물줄기는
오물을 향해 힘있게 뻗어간다
수돗물에 하수구 벽이 씻기고 운동화가 씻기고
시심(詩心)이 씻긴다
하수도 안이 환해진다
하수도 안에 시가 있다

설 외 2편

김택근

설이 내일 모레
고요하다,
어머니만 한 살 더 자시러 온다.
기차 타고 혼자 서울로

올해도 어머니는
신태인에서 거뭇거뭇 검버섯 핀 설을 싸왔다.

설 쇠러, 서울가는 열차에는 노인들만 타고 있다. 서로 어디서 왔느냐고 어디로 가느냐고 묻는다. (그래, 세상은 물음이 중요하다. 대답은 세상을 끌고가지 못한다. 우리는 물어물어 여기까지 왔다.) 남들은 듣지도 않는데 아들 딸 자랑을 한다. 그러다 몇 정거장을 못 가고 모두 이내 지친다. (맞다, 설레임도 서러움도 지친다. 기침소리만 멈추지 않는다.) 서울역에 모여 있는 새끼들, 불효 하나씩을 찾아들고 흩어지는 자식들

어머니 보자기에는 지금은 없어진 한약방 이름이 남아 있었다.
없어진 한약방도 나이를 먹는다.
기억되는 모든 것들은 나이를 먹는다.

보자기를 펴자

무우말랭이 우거지 고구마 참기름, 그리고 침묵이 흘
러 나왔다.

아무도 반기지 않는 침묵,

아무도 먹으려 들지 않았다.

어머니만 맛나게 드시고

맛나게 한 살을 더 자신다.

(복 많이 받아라,

너희들은 늙지 말거라.)

새와 나무

─ 거듭날기

울어 본지 오래됐어요. 아무도 없어서. 두려워요. 날개짓을 멈추면 곧바로 꿈 속으로 떨어질까요? 시간 위를 날 수 있다는 것이 결국은 아픔이었군요. 저 아래를 봐요, 저 세월이란 이름으로 죽어가는 순간들을. 결국 나는 나를 지킬 수 없군요.

어둠이 내리고 있어요.
시간이 굳는 게 보이죠?
다시 과거 속에 내릴 시간이 왔어요.
오늘은 과거의 체온의 몇 도가 되는지.

(새가 내려앉자 나무가 날아오른다.)

수화 (手話)
― 숫자들의 세상 2

오늘은 오리알 합이 다섯 개
딱 5만이 살 수 있다
모두 5 속으로 들어가라

내가 3이면 너는 2
내가 1이면 너는 4다
정신차려라

쉿 누가 온다

똑 똑
(…)
쏴라

뭐야, 이건 인간이 아니군
생피야, 생사람이야, 야성이 터져 나왔어
아마 인간교육대를 탈출해 나온 것 같아
이런 놈은 어디를 가도 살 수 없지
우리 모두의 행복이, 찬란한 오늘이 용서할 수 없어
결코

개나리 외 3편

박성훈

할머니 돌아가신 날
그 다음날에도
마른 가지만 뻗었는데

백봉령 기슭
개나리

할머니 뿌리고 온 날
노랗게 갓 피어
느릿느릿 흔들리던 꽃

봄날 아침

길가 화단,
개나리빵봉지개나리구겨진캔개나리검은비닐개나리
담배꽁초개나리

사람 가득 실은 버스 달리고,

이천이년 서울 봄빛은
새까만
아지랑이 매연

GOP 일기

AM 04:30 지독한 안개 속 폭발음 청취, 병사들 초소
에 전원투입
AM 05:00 안개 걷힘, 경계강화
AM 06:00 멧돼지가 지뢰를 밟은 것으로 판명

총신에 맺힌 아침이슬이 반짝입니다 병사들의 발걸음
이 투박합니다 간밤에 병사들은 무엇을 보았을까요 아
무도 없는 안개 속 누구를 향해 가늠자를 맞췄을까요

발 밑 계곡에 흐르는 남강, 병사들 하나 둘 뛰어듭니
다 온몸에 달라붙은 공포를 벗고 살기(殺氣)를 씻습니
다 간밤에 겨냥했던 얼굴이 떠오릅니다 흐리게 보이던
얼굴이 맑게 씻깁니다 그건 위장을 지운 자신의 얼굴,
독극물을 풀기도 했다는 강 곳곳에 스민 독을 지우고
갈 수 없는 땅까지 흘러
깊이 스며 떠오르는 환한 얼굴

AM 06:30 탄창제거, 노리쇠 이삼회 후퇴전진, 격발

병사들은 밀린 잠을 잡니다 그들은 무슨 꿈을 꿀까요
소초 밖 골짜기,

남에서 북으로 흐르는 남강이 반짝입니다

빙폭

— 소승폭을 찾아서

수북이 눈 덮인 산
앞사람이 다진 눈길 따라
그대 찾아가는 길
미끌리며 기우뚱 걸음을 옮긴다
입김 훅훅 뿜어내며
나뭇가지 붙잡고 내려가다
네 발로 엉금엉금 걷는 사이
그대,
땅으로 치솟는 모습 얼어붙은
그대로 청빙(靑氷),
영원에서 영원으로 흐르는 물길 속에
환호도 탄성도 휩쓸리고

탁—
타오르는 얼음불꽃,
탁—
탁—
산이 몸을 턴다,
탁—
탁—
탁—

그리고 사람,

봄의 소리 외 4편

손필영

가는 비에
붉은 동백 툭 툭
굳은 땅 두드린다
소리 번지는 곳마다
소리 타고 올라오는 새싹들
빗방울 터뜨리며
톡 톡 톡 피어난다

천성산* 늪에서

골 돌아 골
나무 돌아 나무
안개에 잠기면서
나무 아래만 보고 걸었다
오를수록 높아지는 천성산,

화엄벌로 들어간 길은
토탄층에 빠져 나오질 않고
억새 흔들리는 소리만
마당바위를 들락거린다

살얼음 낀 양수막엔
숨 돋우는 도롱뇽 알,
물 돌고 피 돌기 전에
나도 늪에 맺힌다,
얼음 붙은 채
바람이 순을 튼다

* 원효대사가 이곳에서 당나라 스님 천여 명에게 화엄경을 설법했다고 함.

향일암 바람

계단 올라설 때마다
날아오는 붉은 잎,

잎 이끄는 대로 시간이 가고 잎 이끄는 대로 바위틈
지나 암자 앞에 선다,

(젊은 여자, 서성인다, 독경 소리, 동굴, 독경 소리, 절
벽, 독경 소리, 아, 파도)

젊은 여자, 바람 타고 기도한다,
구름에서 바람에서 한 영혼이 내린다,
암자가 밝아진다

바다가 탁 수평을 잡는다

나무 밑 방 1

나무 밑으로 내리는 햇살을 타고
나무 밑으로 잎이 몰린다

나무 밑을 걸어서
그대는 먼저 눈 내리는 마을로 가고
나는 잎 밑으로 들어가 잠을 잔다

바람이 분다, 서릿발이 올라온다
잠자리가 들썩거린다,
별빛이 흔들린다,

초봄 오기 전에
작은 풀씨로 깨어나라고
가던 바람 다시 와 불고
가던 길 다시 와 기다리고

실폭으로 가는 길
― 빙폭 1

겨울나무 사이를 걸어
냇가에 닿았습니다

날지 않고 징검다리로 건너가는 박새들
날지 않고 징검다리로 건너가는 잎새들

나는 네 발로 걸어서 물 건너고
두 발로 섰습니다, 그 순간
내 몸 속으로 원시인이 숨어 버립니다
이 아침 어딜 가시죠?
실폭 찾아갑니다
처음 듣는 사냥감이군요, 굴에 있나요?
절벽에 있습니다, 같이 가시죠

두 발로 기며 가는 길
맑은 햇살이 얼음 위에 네 발 그림자를 드리운다

숨결 고르는 저녁 외 3편

신경옥

일자리를 잃고
스멀거리며 밀려나는 노을 빛 따라
성산대교에서 당산철교 지나 양화대교로
이어지는 한강 둔치 계속 걷다 보면
장마에 떠내려온 조각난 판자 끝에 매달린
내 한숨은 구겨진 신문 바람에 날리고
끼니 걱정에 숨이 턱까지 차올라
강물이 흐릿해 보이기 시작할 때
기름때 절여진 손끝으로 낚아 올린
누치 한 마리 힘없이 헐떡이다가
버둥거리는 저녁 무렵
P자 새겨진 기둥을 안고 되돌아
한 걸음 두 걸음 꾹꾹 눌러서 눌러 걷는 사이
밀려드는 어둠으로 스며드는
칠천 사백 구십 몇 개의 발자국 새겨진 길
가로등 불빛 하나 둘 켜지자 무거운
걸음으로 되돌아 나오는 길
따라오는 검은 발자국 소리, 소리
실금 긋고 버티고 사는 삶 지나
불이 꺼져 있는 낮은 지붕 밑 창가에 서서
가쁜 숨결 고르는 저녁

눈 내리는 날, 새는 떨고 있어요

눈은 계속해서 내리고 멈추지 않아
새들은 추워서 떨고 있어요
눈 속에서 먹이를 찾아
어두워지는 허공을 헤매며 떠돌고
땅에는 온통 흩어진 새 발자국
구조신호를 찍어 놓았지만
어디에도 작은 몸 누일 곳 없어 허둥대고 있어요
세찬 눈이 멈출 때까지 편히 잠들 수 없겠지요
둥지 안에는 눈이 가득 쌓여 돌아갈 수도 없어
허물어진 담벽에 웅크린 새
지켜보고 있어요
칼바람을 매서운 눈으로

부석사

산죽 따라 흔들리는 길
바라보면
당간지주 우뚝 솟아오르고
그림자 끝으로 지워지는 길
넘어가면 거기 무량수전 마당에
마른 수국 서걱거린다
비로자나불*, 비로자나불
맞배지붕 타고 흐르는 소리
휘감아 올려
오랜 시간 말 없이 떠 있는 시퍼런 돌

* 연화정 세계에 살며 그 몸은 법계에 두루 나서 큰 광명을 비춘다는 부처.

토왕성 빙폭을 찾아서

입산금지 팻말 옆 철조망 건너
숲 깊은 길 지나서
길 터준 사람 발자국만 보고 걸었다
구불구불한 눈 덮인 계곡을 따라
허덕이며 걷다 보니
길 아닌 곳에 길이 생겨나고
눈 속에 발이 미끄러지자 바위가 눈을 뜬다
기암괴봉 즐비한 새벽녘 어스름에
또 가야 할 만큼의 길이 열린다

징한 것, 푸르름이 절정이다

헛발을 내딛으며
맥 놓고 살던 세상을 향해
마음의 덧문 열어젖히고
숨 한 번 크게 내쉬자마자
물무늬로 얼어 빛을 발하는 청빙
수십 만 년 흘러왔을 바람 한 점
토왕성 빙폭을 휘돌아 나올 때
시퍼런 청빙의 눈 속에 붙잡혀서
마음은 빙폭에 두고 몸만 되돌아 나왔다

바람불이 외 4편

신대철

떨어지는 빙폭 속에서
설렐수록 푸르러지는
물방울 한 잎 받아
흐르고 싶을 때까지
흐르는 물길 끼고 가다
바람불이로 불려가고 싶다

풀씨 쓸려도 흔들리고
새 날려도 흔들리고

그대 없어도
그대 향해 흔들리는 그곳으로

토왕폭

저항치 넘어가는 새들은
서어 나무 끝에 앉아
숨 고르다 날아간다

가만히 보고 있어도
눈가루 뒤집어쓰고
다가오는 눈벼랑

눈덩이 뭉쳤다 굴러 내린다
물소리 뭉쳤다 굴러 내린다
빙폭으로 가는 눈생각만 반짝인다

문득 눈길 고요해지는 토왕골
툭 터진 와이골 밑에
지난 눈사태 다시 일어나고
눈산 울리며 떠돌던 혼은
몸 속에 들어와 속삭인다

(스나그 박고
혼자 오르는 길은?
골 흔드는 얼음길일 뿐?)

칠성봉과 화채봉 사이
연두빛 햇살은 쏟아져 내리고
이마를 스치는 빛 한 줄기
그 빛 선광*을 띨 때
그 빛 타고 혼과 함께
토왕폭에 올라 보고 싶다

토왕폭은 내내 좌선 중

*토왕성 폭포를 선광(禪光) 폭포라고도 한다.

실폭

살얼음 짚고
하늘 다람쥐 건너가고

　나는 온몸에 중심이 돌 때까지 기다렸습니다. 징검돌 사이에 물소리와 빙폭 찍는 소리 올리고 그 위에 돌 하나 올려 개울을 건넜습니다.

　실폭에서 누가 선등을 하고 있었습니다. 그의 손끝 발끝이 빚는 얼굴에 역광이 들고 있었습니다. 그때 내게서 무슨 일이 일어나고 있었습니다. 나는 웬일인지 빙벽 뒤편으로 가고 있었습니다. 산간마을뿐인데 그쪽으로 사라지고 있었습니다. 밭고랑진 햇볕에 밭고랑진 분지, 그 고랑 타고 안으로 들어가고 있었습니다. 능선에 걸린 얼굴들이 다가왔습니다. 거기엔 미소처럼 금간 화전민 얼굴도 들어 있었습니다.

　흐르는 발에 바람 부는 손에 얼굴 얹어 두고 나는 그냥 가리봉 능선을 바라보고 있었습니다. 실폭이 넘어오고 넘어왔습니다.

새, 바람, 무슨 생각

우리 옆에 붙어가던
새, 바람, 무슨 생각
한계령 가까워지자
서로 뒤바뀌어 영 넘나들고
함께 걸어 오른 길
수직으로 세워지면서
그대는 길 위에
나는 그 밑에 마주선다
내가 침묵하면 그대는 숨을 고른다
다시 그대와 나 한몸되게
점점이 皮目을 이루는
새, 바람, 무슨 생각
우리 뒤에 봄 오다 말고
부드러운 찬 기운 서리고
무슨 생각에 초점이 잡히는 듯
부옇게 떠오르는 얼음얼음얼음
폭포를 향해 우르르 쏟아져 내린다

나도 그대도 모르는 한 사람
빙폭을 스쳐가고 있다

가을이 오면

가을이 오면
소승폭포, 바람불이, 물돌이동
한 곳으로 나란히 붙여
그곳에 숨구멍 내고
물방울로 숨쉬리
그냥 스쳐가는 이
얼굴 마주쳐 보고
아무 길이나 함께 서 있으리
눈에 가슴에 묻힌 이야기 들추어
하, 참, 세상에, 그렇지요
맞장구치는 소리 울려 들으리
햇빛은 햇빛대로 쏠리고
겹그림자 나누어질 때
그곳에 온 가을을 멀리 돌아
내게로 돌아오리, 있을지도 모를 내게로

한계령풀꽃 외 1편

안유정

해를 보고
너는 서고
햇살이 채우는 몸이 되어 버린 공기 같은
너를 보고 나는 서 있다.

북암령 넘어 내려오는 바람에
길이 실려와
마주친 첫 너의 몸은 서늘하였다.

네가 기억하는 고향으로 가 보자
어디나 서리인, 땅 울리는
더 북쪽이었지?
언 흙을 한줌 쥐고, 쥐어서
우리의 몸으로 만들자

미성숙하게 보이는 네 꽃가지 마디가
햇살에 눌리고 부풀리는 것을 볼 때마다
견디지 못해서 탈색할 것만 같아.

어느 눈사람

제주도 밀물 휴양림에서 생겨난 그는
창가에 서서
낮에는 우리의 방안을 들여다 보고
밤에는 말없이 바깥을 본다.

까마귀는 낮에 휴양림 공터에서 무리를 지어 다니고
밤에는 숲으로 들어간다.
그의 등 뒤에서 밤을 지새면
까마귀처럼 또렷이 세상을 볼 수 있을까.

휴양림을 향해 떠나는 우리를 향해 그는 서 있다.
닫힌 창을 등 뒤로 하고 있다.
밤새 떨어진
삼나무 가지로 된 눈썹과 입술이
한 쪽씩 달려 있다.

은항아리 외 4편

윤혜경

1

상가로 나가는 길목
노인정이 비어 있다
콩이며 열무 등을 바구니에 담아 놓고
볕 잘 드는 화단 모서리에 나란히 앉은 할머니들
맞은편엔 뒹구는 소주병, 새우깡 한 봉지로
오늘도 벌써 취해 버린 할아버지들

그 길 사이로 어젯밤엔 김씨가 구급차에 실려 나갔다.
놓쳐 버린 정신으로 하루를 더 살았다. 집에 남은 아낙
들은 입담 좋은 옆집에 모여 간밤의 소문을 얹어 늦은
아침을 먹는다.

2

변함 없는 일상이 유난히 아픈 날, 나는 곧바로 동네
속으로 들어설 수가 없다. 동네를 비켜 나와 산으로 돌
아들면, 거기 쓰러질듯 멈춰 있는 산 아래 저수지가 둥
글게 은물결을 품고 있다. 오랜 시간 사람들이 털어 놓
은 아픔을 삭이며 잔잔히 생명을 품고 있는 은항아리.

그곳에 앉으면 물결처럼 조용히 물 위를 흘러가는 사람들이 보인다. 젊어서 길 잃은 어머니며, 내 안의 독, 세상의 아픔이 모두 빛나게 흐르고 있는 게 보이는 것이다.

　해가 기울면 사람도 기울어
　반짝이던 가슴 핏빛으로 물들겠지만
　더 이상 누추할 것도 없는 알몸
　다시 세상으로 기우는 몸

　가슴 깊이 은항아리를 품고 돌아서면 함께 동네를 휘감고 돌아드는 물결. 남은 햇살이 먼저 가슴을 뚫고 달려간다. 달려가서는 동네를 휘감고 돌아드는 물결을 산산이 부서뜨리고 있다.

봄날

― 난곡에서

빈집으로 남은 사람들 아주 집을 버렸다. 집을 버리고 한겨울을 났다. 무너진 집들, 쓰러진 꿈들이 널브러져 있는 골목 사이 겨우내 파랗게 날 선 빨래 무심히 흔들리고, 누군가 내놓은 팬지꽃 화분, 봄을 내려놓고 있다.

살아간다는 것은 끊임없이 어디론가 가야 한다는 것인가. 갈 곳 없이 뒷걸음쳐 올라온 골짜기 끝에서도, 아물지 않은 상처 위로 조금씩 솟는 생살이 다시 무디어지도록 제자리걸음이라도 쳐야 하는 것인가.

좁은 골목을 환히 열어 놓으며 저 길을 내려오던 장님은 지금 어디서 눈멀었는지. 그 겨울 평지를 향해 뛰어내리던 아이는 지금 어디서 가파른 평지를 기어오르고 있는지. 남은 사람은 남은 사람. 난곡을 맴돌며 평지를 난곡에 묻으며 살아야만 하는 사람.

골목의 터진 수도가 마른 땅을 적시며 흘러내린다. 쏟아져 나온 오물과 뒤섞여 남은 사람들 남은 골목을 스쳐 땅 속으로 스며든다. 스밀 때마다 한 움큼씩 뻗어 내리는 뿌리. 아직 살아 있는 그 뿌리가 봄을 흔든다, 난곡을 흔든다, 다시 향기를 얻으라고.

공양(供養)

봉선사 올라가는 길
광릉 숲 넘어가는 마지막 햇살을 품고
길게 줄지어 오르는 연등
큰 법당 앞에서 하늘을 가린 채
붉게 피었다
저녁 예불 종소리에
법당으로 들어서는 젊은 스님
가지런히 벗어 놓은 회색고무신
삼배하며 올려드는 텅 빈 두 손이
깊다
법당 밖으로
나지막한 불경소리 연꽃을 흔들고
논밭 연못가 개구리들
한 소리로 소리공양 시작하는데
한 길로 오지 않은 나를
헛몸 벗어 버릴 곳 찾아
나와 탑 사이를 헛돌고 있는 나를
획, 매바람이 안고는
세차게 풍경을 울린다

싸락눈

싸락눈이 내리던 날
사랑한다는 소릴 들었다
그때 나는
지나간 사랑 곁에서
꿈속처럼 그 속으로 녹아들길
달빛 속에서 환하게 드러나던
지난 사랑에 발목이 묶여
싸락, 싸락
내 몸을 겉돌며
내리던 그대를
또다시 날려 보내고 있었다

실폭에서

설악을 흔들며 지나던 매서운 바람이
바람에 몰려 차갑게 날리던 눈발이
절벽에 매달린 실폭 위에서
모두 얼었다
사람들
사람들 빙폭을 오르고
퍼런 이끼, 휘어진 솔가지를 일으키며
퍼렇게 함께 오르고
하나 둘 겨울산으로 넘어간 자리엔
멀리, 환한 햇살 속
대승폭 가슴 한복판을 열어 놓으며
몰려오는 봄이
아직, 가슴께 만져지는 두꺼운 얼음장을 녹이며
흘리는 소리
실폭을 뒤흔들며
오르고 있다

등나무 아래 외 4편

이석철

향할 곳을 잃어버린
한 무리 노을이
사그라들며 밀려오는 밤

그대와 나
등나무 아래 앉아
손 한 번 건네지 못하고

지나는 연인들의 웃음소리는
심장의 고동처럼
등나무를 흔들어댄다

투둑,
툭,
떨어지는 등나무꽃.

그 향기 발 아래
수북이 쌓이도록 어깨를 기대고
달빛에 그을려 가는
그대와 나.

매향리 2

― 금이누나*에게

1

반세기가 넘는 동안
梅香으로 살아가던 매향리 농섬에는
셀 수 없는 포탄피들이
우산대처럼 콜라병처럼 꽂혀 있다.

2

금이누나,

매향리로 가는 길 내내 이상하게도 나는 누나를 처음
알게 된 명동 거리를 떠올렸어요, 맑게 갠 봄날이었고,
사람들은 방패에 갇혀 있었습니다, 방패 너머 짖구겨진
사진 속에 알아볼 수 없는 형체로 누워 있던 누나, 심장
이 콱 막히는 줄 알았어요, 누나를 본 사람들은 피흘리
는 시위대를 넘고 핏발 선 침묵으로 천천히 밀려들었습
니다, 거대한 맥박이 파도처럼 아스팔트 거리를 울렁거
렸어요,

누나,

무심한 바람들이 지나가는 이 길에도 풀꽃들은 뿌리

를 내리고 살고 있어요, 바람도 멈추던 길의 끝, 우린 여전히 철조망에 갇혀 있어요, 그 너머엔 농섬이 보이고, 멱살 잡혀 끌려가듯 끌려간 철조망엔 주소판이 하나 걸려 있더군요, california - xxx.

우리 땅이면서 우리 땅이 아닌 저 섬을 보며 우리 딸들이면서도 우리 딸들이 아닌 누나 같은 누나들을 떠올려 보았습니다.

누나,
쇠몽둥이 부딪치듯 캘캘거리는 철조망 뒤
검게 그을린 뻘밭 위로
침묵스런 파도만 농섬으로 밀려갑니다.

* 故 윤금이 씨. 당시 26세, 미군전용클럽 종업원. 1992년 10월 28일 경기도 동두천시 보산동에서 미 2사단에 근무하는 미군병사 케네스 리 마클 이병에 의해 잔인하게 피살당함.

가래비 빙폭* 연습장에서

헬멧을 쓰고 빙벽화를 신는다,
아이젠을 차고 피켈을 들면 준비끝,
5m밖에 되지 않는 연습장에 서 본다

(이 정도는 오르겠지!)

익숙치 못한 손걸음으로 여기저기 찍어 보고
발끝에 채여 떨어지는 얼음덩이에
야수같은 쾌감을 느껴 본다

(이 정도는 오르겠지!)

한껏 웃으며 팔을 올려 얼음덩이를 찍고,
　반대편 다리를 올린다, 팔을 올린다, 다시 다리를 올
리지만,
　다리도 팔도 숨소리도
　단 세 번의 걸음으로 얼어붙는 몸.

가래비 빙폭에선 얼음조각 떨어지며
한 걸음씩 올라가는 사람들의 떨림이 쌓여 가고
피켈에 매달려 굳은 내 몸은

숨 뱉을 겨를도 없이 떨어진다

키만큼, 올라선 높이만큼 굴러 떨어진 자리에서
신음소리조차 뱉지 못하는 동안
머리끝에서 발끝까지 울리는 메아리,
5m, 5m, 5m,

태어나서
한 번도 넘지 못할
내 삶의 높이.

＊경기도 양주군 가답리 도락산 채석장에 생긴 빙폭.

광화문 네거리를 흐르는 촛불

날카롭게 숨조이는 방패에 막혀
강요당한 침묵의 거리

이순신 장군의 긴 칼도 비틀린
광화문 네거리로
작은 촛불들이 흘러옵니다,

아리랑 아리랑 아라리요
아리랑 아리랑 아라리요

넥타이도 단정한 아저씨
하얀 국화꽃을 품은 소녀들
아빠의 무등에서
두 손을 흔들어대는 꼬마

휘휘 날리던 성조기 밑엔
작은 빛을 담은 종이컵으로
세상의 모든 바람도 소리도 담겨지고

골목 어귀에 숨은 어둠마저도
한 발을 딛는 거리

아리랑 아리랑 아라리요
아리랑 아리랑 아라리요

두 손을 붙잡고, 넘실
어깨를 부딪기며 넘실대는 사람들은
살아 있는 영혼들을 깨우며
조용한 노래가 됩니다,
제 피를 살아사르는 촛불이 됩니다,

죽은 두 영혼*과 함께 춤을 추며
어느새, 작은 노래가 되어
온몸으로 타오릅니다.

* 꽃다운 나이에 미군 장갑차에 깔려 사망한 미선이와 효순이.

토왕폭을 오르며

벗이여,
푹, 푹, 빠지는 눈길이네
사람의 길을 지우며 만들어진
눈길을 걸으며 나는 넘어지고 있다네,
둥구르며 나아가고 있다네

생각해 보면 언제나 내 길은
이보다 더 좋은 적이 있었던가
생각해 보면 그대와 같이 걸었던
그 한때를 생각하게 된다네

벗이여, 그대와 너무도 멀리 떨어져 있었나,
함께한 기억들이 흐릿하고 차가운 눈처럼
옷 속으로 스며들어 온몸 얼얼해질 때,
내가 딛는 깊이를 생각하게 한다네

그대와 헤어져 걸었던 길을 돌아보면
단 하나의 발자욱도 찾아볼 수 없다네
내 발자욱은 그럼 어디로 갔는가?
자네에게 갔다면 적이 안심하겠네, 벗이여

거기 있는가, 나는 이제야 이 눈길이 편하다네
지워진 내 걸음들을 느낄수록 나는
눈구덩에 조금씩 깊이 빠져드네,
그대에게 돌아가지 못한다면 여기서 얼어버리리……

벗이여,
한때 잊혀졌던 길이여
투쟁이여, 삶이여,

이건 뭐지? 외 4편

이성일

저 천사, 소경의 지팡이
길바닥을 두드리며 쿵쿵 다가오지만
내 가슴 두꺼운 콘크리트에 싸여
두드려도 두드려도 울리지 않네,
울리지 않는 저 천사 하모니카
앉은뱅이로 복음을 불지만, 영-

생은 순환선 지하철 같이
돌고돌다 거품 같은 피로만
쏟아버리네, 가끔은
끓어오르다 터지던 삶도
안전선 밖으로 한 발 물러나
이제는 날개가 없어도
추락할 일 없네

아, 눈먼 내 눈을 두드리는
저 천사, 앉은뱅이로 감아 올리는
길 끝에 감겨 달아나지 못하고
주머니를 더듬다 문득
손끝에 스치는,

꽃 속에 피는 꽃

바람이
봄볕을 태우다가
꽃나무 가지에
불씨를 옮긴다.

환하다 꽃 같은 것이 한 잎,
한 잎 펼쳐 보이는 봄 속에
자기를 열어 놓고 나를
보여 주는 꽃

나무야
이 봄에 한 겹,
한 겹 벗어 버리는 너와
나의 경계 속에서 꽃이
핀다.

덩굴손

고지박 덩굴이
쓰러져 가는 집을 붙들고 있다

자고 나면 매달리고
자고 나면 늘어지는
생활의 무게를 고지박이
감당하고 있는 걸까

축대 끝 담벼락 지나
달빛을 향해 뻗어가던 덩굴손이
비탈진 동네를 한 지붕으로
덮어가는 밤이면

박꽃 떠,
덩굴처럼 휘감겨
골목골목 오르던
가쁜 숨이
고지박에 부푼다

빙폭
— 실폭에서

낙빙낙빙
외치는 그대 목소리가
물소리?

부서져 내리는 얼음 같이
빙점을 향해 굳어가던 몸이
샘물처럼 솟구쳐 오르더군요

느슨하던 자일이 그대와 나 사이를 당길 때마다, 물기
만 품고 살아 엉기지 않던 삶도 함께 당겨져, **팽팽해지**
던 그 소리 실 같이 꼬아 내리면 벼랑 끝에 없던 길도 물
줄기로 나겠지요?

아이스 바일에 헤머에 찍혀
불꽃처럼 튀던 얼음이
흐를 길 없어 빙벽에 매달린
그대 삶에 옮겨 붙어
빙폭을 향해 타들어 가는,

낙빙!

한계령풀꽃

그 꽃 보려고, 그렇게 또
사라져 버릴지 모를 야생화를 보려고
북암령을 향해 걸었습니다

같은 꿈을 향해
흐르듯 고개 넘는 일행을 놓치지 않으려고
앞만 보고 걷는데

'꽃이피었습니다꽃이피었습니다무궁화꽃이피었습니
다?' 누가

돌아보는 것도 아닌데 멈췄다 가고
다가서다 스며들어 안 보이던 자리엔
당신 당신 당신같은 한계령풀이
꽃대를 흔들고 있었습니다, 살아 보려고
하얘져 가는 낯빛을 봄볕에 그을리다
호명 당한 당신

돌아보세요, 입 하나 덜어 동생들 살린다고
강물 건너다 강물에 떠내려간 금강 꽃제비를
돌아보세요, 죽지 않으려고

비상계단 난간에 비닐 치고 뒤엉킨

멧감자풀*이 보일 때까지

  * 한계령풀. 보호야생식물 제28호로 가느다란 땅속줄기 끝에 지름 3-5센티미터나
되는 둥근 덩이뿌리가 붙어 있어 북한에서는 멧감자라 부른다.

참꽃마리 외 4편

이승규

햇빛 없이 자란 꽃

무너진 막사
칡넝쿨 우거진 우물가에 피어난
참꽃마리

뒤집히는 파도에 실려
실미도 모래밭을 기어온 사람
물 한 모금 삼키고
반짝이는 아기 눈물 같은 꽃잎에
이글대는 눈빛 가라앉혔을까

가라앉히지 못해 안개 낀 갯벌 떠도는 영혼

총성도 비명소리도 잊고
그늘진 풀섶에서만
안 보이는 별빛을 두 눈으로 받아
휘청거리며 피어난다

답곡리 묘역

1

통일로를 벗어나자 좁아지는 도로
햇살이 들어차도 거리가 밝아지지 않습니다
지도 속 길과 궤도 자국 난 길을 번갈아 타고
군용차 따라가다 들어선 논길
솔개가 빙빙 공중을 돌고 있습니다

도랑 건너 두근대며 둔덕을 오르자
눈 앞에 나타나는
묘역 푯말

낙동강 전투 북한군 25
1·21 사태 무장공비 30
대한항공 폭파범 1
동해안 무장공비 1

군인들은 계급과 이름 혹은
無名人이 새겨진 흰 말뚝을 세워 놓고
들꽃 자라난 자그마한 무덤 속에 누워 있습니다

2

전차 궤도 자국도 선명하게 얼어붙은 새벽,
　연천, 문산 간 대대 진지 이동, 이동 중 포탄사격, 기
동, 기동, 휴전선에 가로막힌 대열을 돌려 법원리로, 파
주로,
　안 보이는 적을 향해 우리는 포탄을 쏘아 올렸고
　까마득한 평양을 향해 북진, 북진했습니다

일 년 열세 달 사람을 죽이는 훈련,
악몽을 뒤집어 쓴 채 군대에서 뿔뿔이 돌아온 후에도
어디선가 날아온, 포탄이 후비고 간 마음 구덩이에
흙탕물이 괴어서 출렁거렸습니다

그 출렁임 내려앉히고
우리가 홀가분한 개인이 되었더라도
갈라진 이 땅에서
숨 내쉬고 바람 맞아들이며
씨 뿌리고 추수하는 일조차 결국
포탄을 쏘는 일과 다르지 않았습니다

하루종일 포탄소리 울려오는
답곡리 묘역,
저려오는 가을볕에 흔들리는
들국화도 나를 흔들어 무너뜨리고

북녘 향해 엎드린 無名人들 사이
흐릿하게 이름 찍힌 내 무덤도 파여 있습니다

매향리에서

땡볕이 달구는 황토길
풀섶에서 바글대는 개미떼
대형 황색깃발이 해풍에 몸서리친다

지붕과 논밭을 뒤흔들며
그대 머리 위로 폭격기가 맴을 돈다
뜨르르르륵, 쿡, 쾅,
그대 머리는 아직 붙어 있지만
잘려나간 몸뚱이에 폭탄 쏟아지는 농섬,
갯내 대신 화약내가 뜨겁게 밀려닥치고

정적 속에 날아든 잠자리
사라진 매화나무 가지를 돌고 돌아
갯벌에 솟아오른 불발탄에 내려앉는다

색 바랜 대책위원회 간판 앞에는
일상처럼 굉음에 노랫소리 섞는 아이들
철조망에 붙어 서서 흙먼지 털어내는
등 굽은 할머니의 검은 주름 위로
끝없이 트럭들은 달려 오가고

하늘을 찢어발기며
낮게 깔린 구름 아래로 폭격기가 빠져나온다
갯벌처럼 가로누운 그대
맨가슴을 조준하고서

냉기가 향기롭다

새벽빛에 깨어나는 눈빛
앞서 간 사람들 말소리도 끊기고
깊숙한 발자국만 토왕폭으로 향해 있다

세찬 바람은 협곡 아래로 불고
돌아보면 눈, 눈절벽
어디서부터 혼자 나는 걸어왔을까
눈발에 이정표 꺾이고 묻힌 길을
얼음장 물소리 따라
회오리치는 찬 햇살에 끌려
올라왔을까

휘청, 미끄러져
무릎까지 빠진 다리를 꺼내다
지나간 발자국에 내 발자국 포개어 본다
언 발자국들 문득 줄이어
산정으로 흘러 흘러 오르고
섞여드는 말소리, 웃음소리에
우웅 웅 울려드는 빙폭의 숨결

눈길 지나 얼음길

얼음길 지나 허공길
솟구치다 아찔하게 끊겨 버리고
먼 곳으로부터 날리는 눈발 속에서
이 겨울이 향기롭다

너를 안아 올리면

너를 안아 올리면 너는 너무 가볍다
신발이 벗겨지는 줄도 모르고
어깨를 짚고 올라
깃털처럼 내 팔에서 빠져나간다

너는 너무 가벼워서 너는 없다
밤바람 같은 머리카락
녹는 눈 같이 바스러지는 웃음소리
불안한 커튼 치는 눈동자

하늘에 떠 있는가 올려다 보면
어느새 내 등 뒤에 와서 서 있고
돌아보면 바람부는 빈 벌판,
알 수 없는 향기만 흘러 퍼진다

너는 너무 가벼워서
내가 품을 수 없지만
네 곁을 절실히 떠날 수가 없고
신을 신은 너를 다시 안아 올리면
너는 맨발로 내 어깨를 밟는다
안개처럼 뿌옇게 날아간다

물돌이동 외 4편

임석재

발밑 따뜻해지는 모래알
물빛 송사리 떼 풀어놓고
풀뿌리만 스쳐도
맑아지는 내성천,
생땅을 논으로 풀어
벼 물결 이는 대로
한 논배미씩
강으로 흐르는 사람이 되기 위해,

아르방 다리 없어도 아르방 다리 건널 수 있을까, 물
돌이동 걸어서 물돌이동에 이를 수 있을까,

실미도

안개 사라지고 수평선에 떠오르는 실미도, 바닷길 열리자 우리는 민간인으로 걸었습니다. M16소총도 KM수류탄도 없이 바지 걷어올리고 조여드는 맨가슴으로 갯벌로, 모래밭으로, 숲으로 헤매었습니다. 불개미 떼 흩어지는 시멘트 지형도를 발 아래 놓고 눈 익는 동안 총성, 총성으로 층층이 쌓인 허공에 까마득한 그대들 놓치고, 꽃향기 맴도는 흙길에 남았습니다. 안개 선명해지자 얼굴 뒤바꾼 하늘, 흐려질 대로 흐려진 시야 밖에서 하늘은 궂은 비를 뿌리고, 지상에 첫 하늘을 지운 그대들 따라 마지막 얼굴에 우리들 얼굴도 겹쳐 봅니다. 갯내 짓누르는 화약내 맡으며 영혼까지 총알로 무장해야 했던 그대들, 여름볕에 그을린 새까만 눈망울들이 흰자위 드러내고 개별꽃으로 사라지는 동안, 총열같은 몸으로 불을 뿜고 몸 식혔던 우물터를 지나, 멍게 열매 신맛을 입 안에 쓰디쓰게 넘기며 우리는 민간인으로, 민간인으로 걸었습니다.

겨울 강가에서

짐승이 다니는 길 끝엔 짐승의 집이 있다고, 겨울 강가에 덫을 놓으며 아버진 내게 말했었다. 떠돌다 온 아버지, 그 입에서 흘러나온 흙먼지 밴 지명들보다 더 낯설고 두려웠던 집, 강둑에서 바라보는 집은 아늑한 덫이었다.

이제 겨울 강가에서 바라보이는 집은 없다. 아버지의 세월은 가고 바람을 이기기 힘겨운 갈대숲을 돌아 강은 갈대소리를 끝없이 강바닥에 묻는다. 헤아릴 수 없는 그 바닥끝에서 물풀들 너머 어린 내가 어른거리고, 빈약하다고만 생각했던 강은 깊고 푸른 내 꿈의 가장자리와 맞닿아 흐르고 있었다.

강둑을 따라 갈대 사이 갈대처럼 흔들리다, 아버지와 아들, 집과 덫을 혼동하는 안개 속에 잠긴다. 안개 걷히면 잔인하고 슬픈 일이 있을 것 같아 밤새 뜬눈으로 꿈을 꾼다. 몸 뜨겁게 한 줄기 새어나가 합수되는 겨울 강가에 아침이 반짝이며 흐르고 있었다.

이사하는 날

다시 한 칸 방을 얻었을 때
새로 들일 가구들을 떠올리게 된다.
빈 방 하나 채운다기보다는
세상의 짐을 덜어 온다는 기분으로.
꽃무늬 벽지 바르고,
환해지는 방.
하나씩 가구를 들일 때마다
거대한 저울 위에 올려놓는듯
한 눈금, 든든함.
한 눈금, 대견스러움.
책꽂이를 짜고
남은 판자로 선반을 만드는 동안
내게 짐 덜어준 세상의 눈금 궁금해진다.
기분 야릇해진 사이
선반 완성.
이가 맞지 않는 곳마다
가로 세로로 자르고 남은
선명한 톱질자국.
청테이프를 두른다,
세상과 이가 맞지 않는 내 어딘가에도.
버너에 주전자를 올려 놓고,

물 끓기를 기다려 창을 내고 불을 켠다.
잠시 밝았다 어두워지는 방 안
눈금들 지우면서 첫 노을이 진다.

빙폭

눈보라 가라앉은 계곡,
햇살과 언 물길 번갈아 디디던
길은 사라지고 그대가 있다.
깎아지른 빙폭을 따라
그대 어둡던 가슴을
깨고 깨는 사이, 낙빙,
나도 따라
한 끝부터 허물어지고.
그대 가슴 안 불씨 지피며
낙빙 울려간 곳에서
흘러든 구름,
언 능선 녹아 다시 능선을 긋고,
떨어져 내린 만큼 올라가는 나를
올려다 보며
끝없이 떨어지는 나.

가리봉에 살다 1 외 4편

장윤서

그 해 여름
숨통이 막힐 것만 같은 그 끝에서
가리봉 오거리, 뜨겁게 달궈진
노동자들의 함성이 터졌어
최루가스도 미친듯이 터졌고
노동자들은 가리봉 1동 골목
속의 골목으로 피를 뿌리며 내달렸지
문 두드리며 숨겨 달라는 그들에게
문 열어주는 사람은 아무도 없었어
피비린내 쫓아 킁킁거리며
꼭꼭 잠긴 대문들을 흔들어대던 백골단은
온 동네를 감싸 안던 노을 속까지
흔들고 또 흔들고 있었어

지하실 철문 틈으로 노동자 몇 명이 숨어들었어
어머니는 나를 안고서 무서워했지
호루라기 소리, 비명 소리 찢어질 때마다
여자들은 소리 죽여 더 크게 흐느끼면서
어머니 어깨에 기대려 했지만
어깨는 없었어
그저 서로를 감시했지, 숨을 죽인 채

이리저리 고개를 돌려대는 선풍기처럼

어둠이 유난히 더디 왔어
골목, 깨어진 외등 밑으로
그들은 오그라든 마음 먼저 옮겨 놓고서
배웅도 없이 변변한 인사도 없이
내일 아침이면 누렇게 뜬 얼굴로
공장으로 출근할 자신들의 발자국을 거스르며
어두운 골목으로 조심조심 스며들었어
'내일도 데모할거야
지하실 철문 틈을 다 막아야겠다'
어머니는 문을 더 꼭꼭 잠궜고
우리집은 한 발자국도 움직이지 않았어

그들도 가리봉에 살았는데 말이야
우리들도 가리봉에 살았는데 말이야

가리봉에 살다 2

이가 시려 싫다 했지만
머리통이 갈기갈기 찢어진다 했지만
가스통을 이에 대고 누르면
본드 가득한 비닐봉지에 코를 박으면
벌집촌, 곰팡이 키우던 서너 평 지하 쪽방은
별천지, 그곳으로 몽롱히 떠오른다고
푸시시시 웃다말다 총모양 손가락하고
혀 차던 동네 어른 손가락질 피해가며
사람들 머리로 가슴으로 삐─삐─ 광선*을 쏘아대던
너, 먼 남도땅이 고향인
많고많은 쪽방 사람 중의, 너.

본드, 가스 또 부나며
울면서 또 울면서 네 몸 주위로만
여린 주먹을 던져대던 누이.
본드 냄새 가득한 완구공장
실밥 가득 묻힌 야근 마치고
삼겹살 반근 신문지로 감싸 안고서
쪽방, 곰팡이 가득한 꽃무늬 벽지에도
오랜만에 고기 냄새 나눠주던 밤이면
손 꼭 붙잡은 오누이 꿈길 속

나주땅 부모님, 보고 싶어 찾아와

오누이 이름들 환하게 부르겠구나.

* 부탄가스를 흡입하면 손가락에서 광선이 나오는 일종의 착시현상을 느낀다고
함.

어떤 그림

해남군 황산면 병온리 728번지 모기, 침 한번 독하다
모기장 뚫고서 얼마나 따끔하게 물어대는지
대근아, 나가 서울말 쓰면 안 되거따잉
서울피 모가 조타고 나만 문다냐
전라도 피는 뜨거운께 안 문당께, 하하대며 침 바르며
다음날, 알고 보니
아 이놈의 해남군 황산면 병온리 728번지 모기
화가다 솔찬히 실력 좋은 화가다
뙤약볕, 말린 고추 다듬으며 훌쩍거리는
휴가 받아 시댁 온 도시 출신
대근이 둘째 형수 희멀건한 종아리에
어찌나 새빨간 꽃들을 많이도 그려냈는지
남편도, 시댁식구들도, 서울놈도 그 그림
흐뭇하게 감상하더라

홍길동을 기다리며

붐비는 은행 창구, 내 곁으로 홀연히 다가온 한 할머니 천천히도 말씀하신다. 총각… 내… 글을 잘 몰라서 그러는데 돈 뽑는 것 좀 도와주시오. 저쪽서, 견본 보고 고대로 하라는데 당최 어려워서 말이오. 네, 그러지요 하며 받아 든 할머니의 출금표, 성명란에 '홍길동'이라 삐뚤빼뚤 그려져 있다. 혹시나 싶어 펴 본 통장에는 '홍길동'이 아닌 묵은 장 내 나는 성함, 손때 가득 묻어 찍혀 있는데, 손주 생일이라 장난감 하나 사줘야겠다고 몇 번이고 말씀하신다.

어느 은행에나 나타나는 홍길동. 오늘은 할머니로, 내일은 누가 되어 작은 집 담장 안으로 정 보따리 던져 주고 따듯한 발자국 찍으면서 이 동네 저 동네 출몰할런지.

번호 호출되자 학생마냥 손 드시곤 은행 아가씨와도 손주 생일 축하하고 흐뭇하게 은행을 나가시는 할머니.

할머니, 손주 기다리는 집으로 가신다. 축지법도 쓰지 않고 보따리로 변할 오천 원 한 장 꼭 쥐시고서.

어떤 식사

무엇을 엿보려고
저리도 연분홍 봄꽃들을 피워대는지
눈도 부셔 코끝 아려
꽃나비 얼싸안듯
진달래술 더듬다가
구석진 곳 볼 일 보러 갔는데,
산벚꽃 눈처럼 쏟아지는
동네 산, 한 귀퉁이
봄볕이 마냥 수줍은 할애비를
이리 어르고 저리 달래는 할머니 있는데,
하이고, 두 노인네 오물오물 잡숫는 게
산벚꽃인지 입술인지
할애비 얼굴 검버섯도
연한 연분홍빛 조심조심 틔우는데,
뭉게구름 하나 둘
노인네들 식탁에 그림자 살짝
덮어 주고

놀이터 외 1편

최수현

환한 햇빛
아이들의 함성
찰랑대는 푸른 나뭇잎
꽉 찬 웃음소리
엷은 바람
바삭거리는 모래 먼지

작은 아이 손을 잡고 미끄럼틀 앞에 멈춰 섰다
사내 아이 다섯쯤
놀이터를 휘저으며 뛰어다닌다
달아오른 볼, 부딪치는 숨소리, 째지는 고함
아이가 손을 꽉 잡는다

던져, 하, 하, 빨리, 여기, 하, 하, 하, 던져, 던져, 어디야, 하하,
잡아봐, 묻어, 땅에, 하하하하, 여깄다

놀이터를 휩싸는 모래 바람
아이들 까만 머리, 꼭 붙어, 뭔가를 쳐다본다,
속삭인다, 울리는 소리,
야, 죽었냐?

아, 도마뱀
내 가운데 손가락만한 작디작은 도마뱀
먼지옷 입어 하얗게 갈라진 도마뱀

보도블럭 건너 잔디밭에 버려진다

내 시에서는

― 묵은 초고를 뒤적이다가

바람이 불다 사라졌다
흰 구름 떴다 흘러갔다
새벽 귀뚜라미 소리 들리다 없어졌다
햇빛이 눈부시게 반짝였다
나뭇잎이 손 흔들었다
손 흔들며 시를 지워 나갔다

그곳에서부터
보여다오
보여다오
걸어 나오는 사람을
시간을 지고 늠름하게 걸어 오는 사람을
그 이마에서 떨어지는 땀방울을
온몸 둥굴려 기도하며 맞이한 아픔을
두 눈에서 쏟아지는 그 눈물의 뜨거움을
달리는 몸 움직이는 근육들
그때 맞이한 그 바람의 냄새
흔들리는 소리를
보여다오
온몸으로 부둥켜 안은 한 세계를

등꽃 아래를 지나며 외 4편

황영숙

이게 무슨 꽃이냐고 네가 묻는다
머리 위를 바라보는 사이
5월의 날들이 어지럽게 흔들리고
바로 그 자리에서
이게 무슨 꽃이냐고 네가 또 묻는다
처음처럼 발을 멈추고
아주 쉬운 이름 등꽃을 묻고 또 묻는 사이
이미 꽃이 아닌 것을
꽃이름을 삼키자 나를 가두는 캄캄한 어둠

나는 홀로 수없이 등꽃을 되묻는다
때로 꽃이름은 묻고 싶은 모든 물음이 되기도 한다
등꽃은 짙은 보랏빛 물음이다

꽃은 자꾸 지고 있는데
5월은 향기를 모아 고인 어둠에 켜를 쌓고
나는 꽃이름을 물으며 간다

자벌레

어린 신갈나무 줄기를 기어오르는 자벌레. 몸을 찢어져라 잡아 늘여 앞으로 내밀고 몸의 끝을 끌어당겨 한껏 오그려 머리와 꼬리를 맞댄다. 그게 한 걸음이다. 제 몸의 길이만큼씩 재며 간다. 온몸으로 훑어간다.

자벌레가 정수리까지 오르면 그 사람은 죽고 만다는 속설
누군가 저런 걸음으로 내 영혼에 와 닿는다면 혼절하지 않겠는지

자벌레 한 걸음 한 걸음 가고 있다

야간산행에서

오색에서 대청봉 지나 중청 산장을 향하는 야간산행
헤드랜턴을 끄고 잠시 쉬는데
왜 이렇게 반가운가
얼굴에 다리에 팔에 달려드는 반딧불이
아무래도 나를 알아보는가
내 몸엔 소통의 문신도 화흔(火痕)도 없는데
내 안의 무엇이
이 깊은 산중에서 환하게 밝아져
몸 가벼워지는가
일행들 수런거리며 멀어지고
온 산의 나무들 바위들 골짜기들
태초의 기억을 더듬어 어둠으로 하나인데
반딧불이와 나만 깨어 첫 생명체처럼
눈 맞추며 빙빙 돌다가 팔랑 날아올라 춤추며
반딧불이 속으로 내 속으로 서로 경계를 넘는가

눈 떠 나르는 영혼
어둠조차 이렇게 부드럽고 안전한가

빙폭 앞에서

물줄기의 낙하
거슬러 오르는 폭음
부서져 튀는 물방울의 빛
형상과 소리와 빛이
결 속에 더 깊은 결을 파고 들며
한 치의 틈도 없이 부둥켜 안고
드디어 완전한 결빙에 이르렀다

찾아온 길은 등 뒤에서 발자국 잊혀지고
어제 한계령 밤바람에 쓸리던 마음 한 자락
빙벽으로 달려가 부딪쳐 미끄러지고
다시 부딪쳐 미끄러져 뒹구는 동안
구름은 멈췄다 다시 흐르고
소나무 가지 흔들리다 제 자리로 돌아갔다
시간의 극점을 지나
결빙 풀리며 조금씩 녹고 있었다
내게로 흘러들고 있었다

눈길 거두지 않았는데도
본 것은 본 것이 아닌듯 아득하더니
하늘 끝이 떨어지며 내 정수리를 울리고

청빙으로 부서져 새로 빛나고 있었다
설악의 골짜기 더욱 깊어지고 있었다

무릇인가 무륵인가

오늘 어머니는 무릇을 고았다. 무륵을 고았다
살진 쑥과 둥글레 뿌리, 쪽파 같은 무릇, 무륵
쑥과 둥글레는 알겠는데 무릇인가 무륵인가
어머니 발음은 되물어도 분명치 않다
어머니 잠시 무릇인가 무륵인가
혼자 되뇌시고 눈까지 침침한듯 깜빡이신다
(일단은 무릇이라 해 두자)
어떻게 만드는 거냐고
수고로운 손길을 대신해 물은 것뿐인데
엊그제 칠순을 넘긴 어머니
저 혼자는 봄날이 다 가도록 산을 헤매어도
무릇 한 뿌리 가려 캐지 못할 눈 어두운 딸에게
당신 없으면 지천인 아까운 무릇도 못 고아 먹을
까슬한 봄입맛 달랠 양식으로 그만인 것을
열심히 일러 주신다
무릇 생의 어떤 것들은 남아 잊혀지기도 하는 것을
무릇을 붙잡아 딸 곁에 심어 주려 하신다
봄 햇살 야속하게
어머니 주름 속으로 길을 트는 것도 모르시고

나는 아직도 무릇인지 무륵인지 모르는데……